等待时间去归拢

　　大云请我为她的书写序，有点儿突然。第一次见她，是一年多前经相识多年的一位小朋友介绍，至今她给我的印象都是：这不是一个随便的人。

　　所以，当一段长达一个多小时的工作对谈结束后，她突然递给我一本薄薄的袖珍书，纯属意外。这本绿色丝绒封面的小书太可爱了，让人忍不住一直摩挲。四十六岁的我面对书名不禁莞尔：和我的三十岁谈谈？看看她都谈了些什么吧。我用周末的时间很快读完，阅读的过程令人愉悦。文字中带着无可置疑的肯定，试图消解三十岁给女性带来的恐慌。她笔下那些即将或者刚刚迈过"三十"这个数字的女性，可能都是她身体的一部分，包括其中那个叫"崔凌云"的女子。于我而言，记忆不可阻挡地涌来，那些"癫狂"的岁月，炙热的情感，都曾如同我留在Blogbus①的博客那样猛然消失，荡然无踪。

几天后就是公司年度工作总结会，她向大

————————

① Blogbus：国内第一家博客托管服务商，也是首家商业运作、提供收费服务的中文博客网站。（编者注）

家谈到自己前几年的小挫败，以及这两年一切都日渐向好的态势，比如一本她花了一年时间写的书，一直搁置，这会儿也要出版了。她的话令我既伤感又喜悦。

顶着优秀的学历背景，多年电视媒体经验，二十几岁就创立了自己的营销公司，听上去接下来的三十岁应该是"创业狗"中的战斗机才对。然而她人生的轨迹并没有被那样设定。2020年，她加入我的团队。

大云的加入刚好是在我们告别扎根十几年的商住楼，入驻新环境的迭代之际。北京机场辅路旁的一个小院子里，灰砖墙、石板路，杂草丛生，大树繁茂，邻居既有艺术家、设计师、策展人，也有瑜伽老师和退休爷爷。简单装修的办公空间比以前敞亮很多。相比"高级写字楼"，我更倾向于选择这种有点乡野感的日常环境。

　　人的割裂是普遍存在的，我是这么看。或者大多都称不上"割裂"，只是难以归拢统一。这也是每个人痛苦的根源。容貌、身材、声音、语气是最外在的。情绪、性格、喜好、信仰是生活中一点一滴习得的。如果你认识大云，所有那些间而闪现于眉宇的娇羞慌张，神情中的傲娇与决绝，都可能在第一时间把你拉近或是推远。只有读过这些文字，那个很难在高挑丰满的体态下窥见的"真她"，才一点点现形。无论是魅力也好,锋芒也罢,这些文字就是她努力归拢的证据。

三十岁时,我经历过仪式般的自我矫正,自我辨识,自我切割。所有的变化都是主动的选择,但过了三十岁,已经忘了三十五岁是不是走上新轨道,四十岁有没有惊心动魄。如今我可以勉强从容地说,这一切都需要等待,等待时间的助力,用自己的耐心。对刚刚跨过三十的女孩们来说,似乎还不那么容易。

刘璇

2021 年 12 月 12 日

目　录
Contents

缘 起

　　二十九岁的某天，我在机场候机，翻到梁实秋先生的散文集，我是不喜读散文的，偏是那篇《人到中年》害我挪不开眼睛。

　　他说："哪个年青女子不是饱满丰润得像一颗牛奶葡萄，一弹就破的样子？哪个年青女子不是玲珑娇健得像一只燕子，跳动得那么轻灵。到了中年，全变了。牛奶葡萄要变成为金丝蜜枣,燕子要变鹌鹑。最暴露在外面的是一张脸,从'鱼尾'起皱纹撒出一面网,纵横辐辏,疏而不漏,把脸逐渐织成一幅铁路线最发达的地图。脸上的皱纹已经不是烫斗所能烫得平的,同时也不知怎么,在皱纹之外还常常加上那么多的苍蝇屎。"

一股寒流涌上心头,最是人间留不住,朱颜辞镜花辞树。明知留不住,这个世界缘何要对必然到来的"老""丑"二字充满恶意?我一边抱怨梁实秋先生写出如此伤人的话,一边把这伤人的文字发给同龄的闺蜜们。打开手机前置摄像头仔细端详起来,鱼尾纹虽还没有肆意横行,眼下却已有几条浅浅的干纹跃跃欲试,明显加深的法令纹仿佛是在倾诉，苹果肌已是秋后蚂蚱，嘚瑟不了几日了。"95后"们开始在身边工作，"00后"们都出来实习，看着一张张充满弹力的小肥脸，我不光想捏，甚至还想划拉两下；每每和他们微信聊天，总能看到些不知所云的首字母缩写，实在不好意思让人家当面翻译，只好自行百度。和年轻人在一起显得自己太复古，和中老年人在一起又发觉自己特咋呼，整个人就是精神紊乱的代名词。再想想自己尚未成家立业，哪是什么三十而立，分明是三十而"栗"呀。

不行，我要自救。待自救成功后，我要写一篇二十九岁自救指南，一定是网络爆款。我要拼出一番事业，我要守"脑"如玉，我要保持愤怒，我要运动、护肤，如此才能自信地迎接三十岁。半年后，二十九岁最后一天，我发觉自救失败，自信没有如期而至，反而恐慌到了极致。思来想去，三十好像比二十九大十岁。

没来由地编了一段信息分别发给自认为比较重要的同学、老师、同事、长辈，大意是感谢您在某段旅途的陪伴与厚爱，想在二字头的结尾听到您真诚的评价。有的人褒奖几句，有的人客观评价了优点若干，有的人没回……最戳痛我的回复是"幸好你也三十了"，来自远在大洋洲的闺蜜，她生日比我早一个月。我一个人在办公室痛哭流涕以泪洗面，却也庆幸没被人看到我这副鬼样子。不过转念一想，至少有人陪我一起携手对抗中年危机了。

春节在家吃吃睡睡休养生息，发觉过年就像抽烟，都是给成年人的生活按下一个或大或小的暂停键，用来喘息，用来换气。假期结束亦或香烟燃尽，那一地鸡毛还是要你亲自料理，时间没有因为你的暂停而停留片刻。

大年初五晚上，我做了一个奇怪的梦。没有任何剧情，只有一行字像弹幕一样来回滚动，不下数百遍，最后一遍还有一个静帧加放大的特效。这行字是：星垂平野阔，月涌大江流。一句杜甫的诗。醒来回味，我发誓自己从未认真背诵过或者研究过这首诗，杜甫他老人家也并非我最喜欢的诗人。怎会如此？遂向外界求解。父亲大人版本："诗圣"庇佑你道路平坦，未来可期。朋友版本：凉气袭人，心疼你。我的版本：活着，虽有亲人爱护朋友关心，但必要学会享受孤独，学会与自己和解，世界才会开阔，心才会起飞。那一刻我觉得自己在发光，三十岁怎么了，生活才刚刚开始。

回想起生日那天，我还做了一件奇怪的事——请朋友来家里吃饭，其实是强迫大家无准备即兴演讲，主题就是"三十而立——走在人生的岔路口"。三十而立，何为立？小Q是理工科女生，她说自己从小接受的教育就是好好学习天天向上，考上最好的大学，读最好的专业，康庄大道，前途光明。十八岁那年，她做到了，考了一所名校，读了该校录取分数线最高的专业，同学是来自全国各地的学霸。她和学霸同学们朝夕相处，很认真地写作业、做实验。两年过去，成绩还不错的小Q依然没懂自己的专业到底在讲什么。四年过去了，小Q对学习彻底丧失了兴趣，出国换了专业读研，回国又换了个行业工作。直到现在，小Q也根本不知道自己喜欢什么。

两件奇怪的事杂糅到一起，我想，所有这些焦虑、恐慌、迷惘、彷徨，难道只是个人情绪造就的吗？如果不是，我们应该抱怨这个时代吗？或者，我们应该赞美这个时代吗？我还不知道。

我想和三十岁的朋友们谈谈，我想和这个世界谈谈，我想和我们的三十年谈谈。

至于为什么先跟女性谈，那答案就太简单了。女人本身就是呼啸的战场啊！在这世上，女人要和自己相处、对抗，要和其他女人相处、对抗，还要和男人相处、对抗，精妙举世无双。三个女人一台戏？非也非也，分明是一个女人三台戏。

未若柳煦因风起

——你就不能照顾爸爸吗？

——不。

——你可以搬过来，房子归你。

——不。

——房子都给你，你可以享受阳光，你可以在这里找份工作。

——不。

——为什么？

——就是不行。

——给我一个理由。

——因为我不想。我已经决定了，爸爸最早中风的时候，我就决定不再浪费我的生命了。

——你觉得我是在浪费生命吗？

——当然不是。

——我这一生无怨无悔。

——我们的决定都没错。我计划好了未来，还有丈夫，我没有办法。

——你怎么知道我对未来就没有打算？

这段对白来自电影《马文的房间》，梅丽尔·斯特里普饰演的妹妹就是那位对未来有规划的人，而黛安·基顿饰演的姐姐就是那个无怨无悔的人。妹妹有过一段婚姻，有了自己的孩子，走南闯北过着属于自己的人生；姐姐照顾生病的父亲，二十年如一日。直到姐姐得了绝症，妹妹回到家，二人才有了这番争执。接下来的几个问题，希望你直面自己，真诚作答。

姐姐的生命真的被浪费了吗？

妹妹的决定是自私还是现实？

如果必须选择，你选择做无私也无私生活的姐姐，还是自私但拥有自我的妹妹？

如果你是姐姐，你是否百分百心甘情愿？

如果你是妹妹，是否会因为有这样的姐姐而庆幸？当姐姐生命垂危，你不得不打乱对未来的规划，你是否会喟叹、抱怨甚至想要逃离？

……

不必觉得这是残忍的选择，现实常常是——别无选择。

柳煦，三十岁，河北省人，独生子女，北漂，典型的"我们这代人"。最近一次见到她，兔尾巴长的短马尾，黑白格连衣裙，草帽，学生式背包，化了淡妆，浓浓的极简风，你也可以称之为性冷淡风。

"现在很少花时间在穿衣打扮上，任何复杂的搭配我都会放弃。比如这条连衣裙，出了三种颜色，我就各买了一条，这一周都有得换。"

柳煦自然不是真名，而是艺名 2.0 版，1.0 版叫柳絮。"如果你觉得柳絮太矫情，我就叫柳煦吧。"

"换个字就不矫情了？"

"因为这俩字听起来更像个人。"

人家是"未若柳絮因风起"，我们是"未若柳'煦'因风起"。

柳煦在公益组织工作，喜欢亦或是习惯独来独往。每周自己看一部电影吃一次牛排，每月回一次家，给父亲洗洗澡、说说话，只有她说，得到的回应是笑、点头、摇头、摆手等肢体语言。她的母亲在父亲出事前就离世了，帮得上忙的只有叔叔。

柳煦二十八岁那年，父亲突发脑梗被送进当地医院，用药过猛引发脑溢血。"即便完成开颅手术，也可能是个植物人。"北京来的医疗专家让她选，开还是不开，不开就是死亡。

"那我当然选救了!"她回忆时的口吻依然斩钉截铁。中午11点进入手术室,双侧瞳孔散大(死亡的征兆),下午5点手术结束,进入重症加强护理病房。

"去北京治还是留在这儿?"医生又出了一道选择题,当然是各有各的风险。去北京是为了提高存活的可能性,提高不成为植物人的可能性,而转院去北京的路途中极有可能将此可能性变为零。

闭目一分钟,柳煦做了决定,转院去北京。她深知,虽然两座城市只相距二百千米,医疗水平却是相差万里。"如果因为我没有选择最好的治疗条件而导致他没有最大限度地康复,我将终生痛苦遗憾。赌的成分是有的,但比重不大,我知道从我选择了北京的时候就已经赢了一半。"这话说得有些怪,总归是赌的成分比较大,只是她带着必胜的决心而已。

次日零点开始转院,凌晨3点抵达北京宣武医院。

"他躺在ICU里,脑袋肿得像猪头一样,深度昏迷,高烧,裹着冰毯降温。"

"就算能醒过来,他也会生活不能自理,最

好的情况是半自理。"医生说。

"以他的性格,醒来看到自己这个样子,他会想自杀的。"父亲是个极为好强的人,柳熙也是。

"你想多了,即便醒来,他的智商也与三四岁孩童无异。"

抢救、活下来、醒过来,用时一个月。父亲进入康复医院,每个月六万块,一待就是六个月。六个月后,又要做选择了,继续康复或者打道回府。

"六个月,医生尽力了,医院的康复方法让

爸爸状态好些了,但他还是没办法说话,也不会再站起来,没有一个功能完全恢复。"从意识到可能是这样的结果,到感觉到应该是这样的结果,再到明确确认是这个结果,是柳煦漫长的心理建设的过程。

"我们只能回家了,我和叔叔还需要正常生活。"

如果让你给这一系列选择按照难易程度排序,该是如何?我想,开颅前的选择出于本能,之后的每一个选择都是更痛苦的挣扎,感性与理性的交锋,爱与现实的撞击,过去与当下、将来的抉择。这些对抗全部在柳煦的心里悄然发生，至于其表面，已了无痕迹。

当然，我和你一样好奇，医疗费、康复费如何解决。

"我把我爸给我攒的二十万嫁妆都用了，也有人给我捐钱，所以我没有特别省钱，生活水平不算很差。但后来的人情债确实很难偿还。"

"听说过人情债还不清的道理，可你是如何切实感知到的？"

"不接受，不可以，我确实需要；接受了，我又还不起。虽然他们不让我还，但我心里总是记挂着那些悄悄不见了的人，不知道还能怎样偿还。萍水相逢，受人之恩，心里难受。"

世上的人儿，总得你欠欠我，我欠欠你，才能能量守恒吧。仔细看，柳煦的法令纹还是有些明显的。

"但我现在挺快乐的。每个月回去给他翻身洗澡，还要用很巧妙的方法把他从病床挪到轮椅上，撤床单，铺新床单，再把他抱回床上，这一系列动作都让我们有了好多年没有过的肢体接触，仿佛，亲子关系重新开始，我们真正做回了父女。"

听到"做回"二字，我有些头皮发麻。你有没有丢掉真正的亲子关系，在你所谓无暇顾及和经营亲情的忙碌生活中。

"做回？那些年呢？"

"很小的时候，爸爸和女儿手牵手，长大了叛逆了，就大多是冲突，再也没有过亲密的接触。"爸爸和女儿，本是最亲最近的人，而这种亲近大多会随着时间的推移、女儿的成长、父亲的压力，变成摩擦、隔阂、不愿表达、不好意思靠近，变成爸爸对妈妈说"你跟她谈吧"，想要说些什么又不知从何说起，只有把它放在心底……这大概就是"60后"爸爸和"80/90后"女儿组成的"中国式父女"吧。

"你真的相信他的智商只有三岁吗？有没有可能是，他其实心里明白，只是不想让你知道他明白，为了你能安心转身离开，而扮演一个三岁的小孩?"我竟然问出这样无情的问题。

柳煦低头，转头，又转回来，她说我是第一个这么问她的人，又说："我做过很多测试，他只能听懂最简单的话，然后点头、摇头，一旦这句话有多个逻辑，他便没有反应。只是每次我要离开的时候，他就会别过头去，摆摆手，大意是走吧走吧，赶紧走吧。"

我猜测那是一次潇洒的摆手,因为它与大多数父母的目送不同。在异乡漂泊的游子,最害怕家人的目送,和自己相应的一步三回头。"所谓父女母子一场,只不过意味着,你和他的缘分就是今生今世不断地在目送他的背影渐行渐远。你站在小路的这一端,看着他逐渐消失在小路转弯的地方,而且,他用背影默默地告诉你,不必追。"每到春节返工大潮,这段文字便被疯转起来。做子女的绝非草木,并没有绝对的义无反顾。我们每向前一步,都深知自己背负着多少落寞和牵肠挂肚,每向前一步,都在想为什么不扔掉狗屁理想回到他们身边,每向前一步,都希望这难熬的时刻尽快结束,又都祈祷着,时光啊,请你慢些吧。我总觉得,柳煦的父亲心里知道这一切,所以表现得轻描淡写。我总一厢情愿地认为,脑和心是两回事。

你能在前朝冲锋陷阵,前提是后宫安宁,完整和睦的原生家庭如同稳定运转的后宫,得之我幸,失之……很难洒脱地说,我命。在这个维度上,柳煦并没有那么幸运。父亲和母亲,如同钢与铁的碰撞,加上火一般的她,碰得叮当作响不说,还烧出一片赤色海洋。"我妈心高,一心栽培,我爸也心高,却一直羞辱,我好像在他们眼里什么都做不好,稍有点成绩,我爸又会大肆炫耀。"所谓羞辱,想必没有夸张。中国式家庭教育,父权专制绝非一家之景象,而我们父辈的成长一定绕不开那段充斥着暴力的特殊年代。

柳煦妈妈走得突然。五年前的那个冬天，二十五岁的柳煦在家睡懒觉，妈妈喊她起床，语气中带着一丝愤怒，二人大吵一架。"起床就起床，我当时不懂她为什么那么歇斯底里。"此后，妈妈出门办事，深夜未归。"我爸去单位宿舍也没找到她。"次日一早，急救中心打来电话，爸爸要拉柳煦奔医院，她却要先刷牙，爸爸颤抖着同意了。她说："那一刻，我觉得他老了。"

出租车上，爸爸又接到一个电话，这次是病危通知。"他坐在副驾驶，回头冲我做了一个扇巴掌的动作，被车上的栏杆挡住了。"柳煦在急救室外看着正在被电击抢救的妈妈，一直问，她为什么还不醒？三分钟后,妈妈死于心梗。

"后来监控显示,她从单位宿舍出来后,推上自行车走了几米,就摔倒了。很长一段时间,我的家人,姥姥、大姨他们都认为是我害死了我妈。"

"也包括你爸?"

"有一次我一个人去拔牙,以往都是我妈陪我去,我觉得很孤单,就说想我妈了。我爸回,那你别气她呀。"

妈妈离开后柳煦带着爸爸去海南旅行,一路上二人不知说什么好,常面面相觑。"他给朋

友打电话炫耀，说都是女儿出的钱。"生命中最
美好的时光，都是以秒计算的。这点，柳煦体会
得更为深刻吧。春节，柳煦一个人去了台湾，这
次自由行是她送给自己的三十岁生日礼物。

"如何看待你目前的生活？"

"现在的生活是对我生命的救赎。"

她说这话时毫无波澜，但也并非死水，有点
像一位沐浴晨光的修女。柳煦人生的前三十
年，硝烟弥漫，战火纷飞，战斗对象是原生家庭，
更是自己，耗时持久，没有输赢，只有不败。立
于风中而不败，骄傲地苟活，是我们在成人世界

难得保留的倔强。

"万缕千丝终不改,任他随聚随分。韶华休笑本无根。好风凭借力,送我上青云。"薛宝钗的咏絮词,说的不正是她吗?你说巧不巧,我的艺名叫"一支薛宝钗"。

后记:

2022 年 3 月 2 日,柳煦的爸爸离开了,她说,"谢谢爸爸接受我的挽留,用五年半的时间,忍受身体的疼痛,陪伴我,治愈我。"

子宫在哪里

伊仔的子宫要丢了。

载歌载舞体检去，五雷轰顶回家来，人乳头瘤病毒（HPV）感染，宫颈癌病变。伊仔时年二十九岁，汉语教师，刚从西班牙执教归国，未婚。医生建议手术，切掉宫颈，以保安全。身体上的那些部位呀，只有疼了，你才意识到它的存在。

"子宫意味着生育权,可以不孕育,但不可以失去孕育的权利。"伊仔遍访名医,力求保子宫完整,为自己的生育权而战斗。终于遇到一位妇科圣手,她不仅有过硬的技术,还有极高的"宫斗"段位。

"你有男朋友吗?"圣手问道。

"有。"

"感情如何?"

"好。"

"那就生啊，先生，再切。"

伊仔大彻大悟，放弃避孕，立地成妈。

"我要求婚了。"伊仔大放厥词。

"还是我来吧。"男友见招拆招。

结婚生子的套路被这对奇葩情侣打得行云流水。不到一年时间，二人升级当爸妈。伊仔说，怀孕时痛失小蛮腰，生产后喜得"小蛮仔"。蛮仔的名字由此而来，其古灵精怪的气质和母亲大人绝对是"一脉相承"。说到生蛮仔的过程，伊仔自有一套"排便理论"：

"宫口开了一指的时候我竟然有了便意,医生说再等等,十分钟后我说,不管你们让不让我进产房,反正我是要拉了。医生感觉受到了威胁,惊恐之下把我推进产房,二十分钟内我就拉出一个孩子。"

如今蛮仔刚满一周岁,伊仔的子宫还在,HPV却消失了……

"没有HPV就不会那么快生孩子,就不会有蛮仔。如果蛮仔是结局,我可以释怀命运在中途对我的所有戏弄。"以上是伟大母亲伊仔爱的宣言。

真是个悲喜交加的故事,但发生在伊仔身上一点儿也不奇怪,她本就是一个悲喜交加的"有意思小姐"。伊仔长得有些混血感,眼睛黑豆一样往里凹,在黄种人里算白的皮肤上散落着几粒雀斑,齐腰长发一甩起来,仿佛要告诉整条街:老娘就是这里最靓的仔。

　　这位主人公让我这个情绪型选手有些神经错乱、语无伦次,不单因为她有意思,还因为我们之间忽远忽近若即若离的"暧昧"。在这段"暧昧"关系中,在下绝对是弱势的被动接受者。

　　我们是研究生同学兼室友,关系大概分为

四个阶段：嫌弃期，第一次见面看你不太顺眼；蜜月期，从诗词歌赋聊到人生哲学，真是个有意思小姐；疏离期，恼人的友情配不上你的自律；谅解期，懂你的苦，知你的乐。

故事得从八年前的夏末秋初说起。开学前一天，大家都忙着新生报到、安置宿舍，伊仔一把将书和电脑抱在怀里："我要去自习室。""好一个学霸。"我暗暗惊叹。后来得知她去了自习室不假，看的却是《埃及艳后》。

伊仔本科专业是化学，大四一激灵就考上了北大对外汉语教育专业，步子迈得有点大，还好她是个女子。我们调侃她是山寨文科生，她偏说我们嫉妒她文理双全；伊仔常常崴脚，大家嘲笑她小脑不发达，她偏说自己大脑占用了太多空间；别人的岁寒三友是松、竹、梅，她的岁寒三友是炒栗子、烤红薯、糖葫芦；别人夸其他女生"真好看"，夸伊仔"真有意思"。

我认为伊仔做过最有意思的事，是在西班牙击退洋流氓，她是这样讲述的：

2014年7月，我和朋友去风车小镇玩，结果在马德里迷路、误车。错过了日落，又打算去看日出。次日6点出发，清晨的小镇安静空旷。走到山上时，四下无人，一醉汉追了上来，直问："我可以亲你吗？"本以为他只是醉汉，没想到还是个流氓。要流氓之前还懂得征求意见，算是个民主的流氓。我当然说不行。"原来你听得懂西语啊，"他一脸惊喜，"其实我只想跟你行个贴面礼，没有别的意思。"西班牙人见面确实有左右脸颊互碰的贴面礼，但此时还讲究什么礼节？流氓得寸进尺咋办？我说："我是中国人，我们没有这样的礼节。"流氓说不通便要硬来，于是我快速分析了敌我双方的形势：敌方为一青年男性，目测身高175厘米、体重65千克，四肢健全，面目可憎，肌肉欠发达，未携带武器，从眼中血丝看来，此人通宵未眠且处于宿醉状态；我方为两个女生，有人数优势，且我朋友身高180厘米，我虽没有身高优势，可我有起床气。结论是：这个流氓可以揍！眼看流氓的手伸了过来，我一把推开。"Bruce Lee, Jackie Chan, 知道不？中国功夫，知道不？信不信我收拾你？"也不知道是被我搬出的李小龙、成龙震慑住了，还是被我的歇斯底里吓懵了，他居然放弃了！其实我是唬人的，我哪会什么功夫。

我太天真了，流氓并没有彻底放弃，他开始转攻我朋友。"这可怜的小流氓，有什么想不开，我朋友一米八呀。"我心里想。正准备观赏我朋友花式修理流氓，却看到她一边往后退一边哭喊："你走开啦！伊仔救我！"哀其不幸，怒其不"揍"。虽然我也又怕又怂，但不能眼见我朋友被流氓欺负。于是清晨的风车小镇出现了这样一幅诡异画面：我朋友在前面跑，流氓在后面追，我追着流氓打……

　　她自己认为最有意思的事，不是这件，"最有意思的应该是和大巴谈恋爱"。这段恋情发生在伊仔出国执教前夕，大巴是美国留学生，伊仔前男友。对外汉语学生在读书期间最熟悉的不是同学，而是自己教过的留学生们。师生恋、异国恋，在这个专业发生的频率最高，伊仔就为此做出了杰出贡献。大巴来自第一台计算机诞生的地方宾夕法尼亚大学，他的舅姥爷是个与总统之位失之交臂的狠角色。大巴还是个模特，这么说吧，如果你喜欢汤姆·克鲁斯的脸，就一定会迷上大巴的颜。这位金发碧眼的小哥哥没来由地深陷在汉语老师的东方神韵中。伊仔接受大巴的理由，不是他的颜值，更不是他的家世，而是他学习语言的不要命精神。随身携带小本本，听到任何生词句子，立马提笔记录，比如"你横什么横""你有完没完""你完了"。他还给自己定了一个不近人情的规矩，在华期间坚决不说英语，一句都不行。"某天高烧39℃，简直要病入膏肓，到了医院还是坚持结结巴巴地说中文，朋友央求他说英语吧，哪里不舒服告诉医生，大巴宁死不屈。"伊仔敬他是条美国汉子。

大巴对自己狠，伊仔对他更狠。"一周只能见两次面，最近课多，我很忙。"

"我做了什么错，你生气我。"大巴可怜巴巴。

说起大巴，伊仔的语调和嘴角一起上扬。"他要学汉语，我也想练英语啊，但他就是不肯松口当我的语伴，我几乎生气翻脸。那晚，他约我去未名湖边，深情地看着我，然后说，'I can'。"最美的情话不一定是"我爱你"，不一定是"我养你"，不一定是"最美的不是下雨天，是曾与你躲过雨的屋檐"，最美的情话就是千变万化，就是说者也许无心，听者必定有意。"最打动我的，是他肯为我打破自己的原则。他松口了，我就说算啦。"这种人情不好领，伊仔还拒绝了不少类似的人情，比如大巴说要为了她留在中国。大巴回美国那天，伊仔机场都没去，不给彼此留半点幻想。

"我对大巴充满好奇，也欣赏他学语言的执着，他觉得我的'有意思'比漂亮更高级。"与大巴的恋爱像一次深潜，海底世界奇幻瑰丽，却不能长久定居。婚姻才是她栖居的港湾。如今伊仔是天津公务员一枚，结婚生子，工作不紧不慢，日子不咸不淡。

"在西班牙过了几年好山好水好寂寞的日子，回国后重燃欲火，总之很想谈恋爱。他是朋友介绍的，一开始平淡无奇，甚至觉得这人有点呆，接触多了就体会到他身上的闪光点：从不抱怨，在他身上从来没有负能量流出，交往时分寸拿捏得极好，特别真诚。对他不上心时，他就按兵不动，只是找机会相处，慢慢展示自己的魅力，觉察到我对他有好感，他就果断表白，不施压、不扭捏、不含糊，刚柔并济。"

为什么就是他了，到他这儿，就要成家了？伊仔想了很久告诉我，天时地利人和，重要性依次递增。"最终让他胜出的是……性生活太和谐了！他在床上跟在生活中一样刚柔并济，他在乎女人的感受，会努力取悦她，而不是一味地在女人面前展现自己的雄伟或者只顾自己爽，该凶猛的时候特别狂野，根本不由分说。爱情是无常的，但性是相对稳定的，至少现在我还是很享受他的身体。"

"必须伺候好你的身体才能赢得你的心?"

"我要的是赤身肉搏,还得过瘾,不然恋人跟朋友有什么区别?!"

"到女人心里的路通过阴道。"伊仔突如其来的老司机开车,让我忍不住想翻开张爱玲的《色戒》手动点赞。真的勇士,敢于直面自己的欲望,活得坦荡奔放。只是如此相夫教女、朋友圈晒娃的平淡生活,与伊仔学生时代的斗志昂扬似乎不大一样。这里绝没有夸她学习努力的意思,别人打着鸡血奔图书馆,伊仔则是当家教、做考研辅导,忙得不亦乐乎。"我要赚钱交学费、买裙子。"

月上柳梢头，夜深人静时，女生宿舍往往在祖露心扉，零点夜话。大约在 2008 年，伊仔的父母放出一笔钱，几十万存款拿给别人放贷，本以为是一次划算的投资，没成想对方釜底抽薪，卷款潜逃。这对一个普通小康家庭而言无疑是巨大的打击。在家排行老二的伊仔上有姐下有弟，学费自己想办法，生活费自己赚，伊仔经历了前半生的第一个大转折。

回忆起当年的辛苦，伊仔说自己从未有一时半刻怨过父母，理由是，他们也是人，也有局限，也会犯错。一副大肚能容天下事的样子，然而真话常常作为套路的后缀出现。"当家教、做考研辅导的时候我月入5000+,可以毫无愧疚地买我喜欢的花裙子,还能补贴家用,这种经济上的小自由太爽了,赚钱的辛苦跟经济不自由的辛苦比起来可以忽略不计。"在大家经济实力普遍薄弱的学生时代,伊仔请客吃饭从不含糊,闺蜜我也算是她赚钱养家的间接受益人。曾经认为闺蜜之间自然是毫无保留的亲密,伊仔的后续反应打破了我的片面认知,于是我们的蜜月期也接近尾声。

"伊仔,一起看电影啊?"

"不了,我要上西语课。"

"下课去逛街呀？"

"不行，我要健身。"

"明天一起去图书馆呀？"

"你先去吧。"

被拒绝的次数多了，便不敢约了。漫长的疏离期来了，直到提笔写她的今天，我才渐渐明白了一个道理：如果你也有一个喜欢保持距离的朋友，不要怨她，那是你自己不会享受孤独。

跟任何人都必须保持一点儿距离，带点笑

容,带点抱怨,相信我不是说这话的第一人。

"确实,独处是我恢复精力的最好方式。跟任何人在一起我都会有一点儿压力,我要照顾对方的情绪和节奏,时间长了我会吃不消,哪怕是跟至亲和挚友在一起。我爱他们,但是我不喜欢一直黏在一起。我信赖他们,但不想依赖任何人。"

不是缺乏安全感,就是自己给的安全感太足,害怕外来力量打破这个舒适安全的蛋壳。伊仔就在这两个极端之间徘徊游走。

1989年,大街小巷都写着诸如"只生一个

好""少生优生，幸福一生"之类的口号，听闻还
有更厉害的，"一人超生，全村结扎""引下来，流
下来，就是不能生下来"……伊仔就在"计划生
育，人人有责"的警醒下被偷偷生在了山西长
治。一年后，弟弟来了。三个孩子养在家中实
在惹眼，伊仔父母抓大小、放中，把老二安置在
农村外婆家。

如果家中有三个孩子，排行老二算是不幸，
毕竟一只炸鸡只有两条腿。不要说唐宗宋祖都
是家中老二，这里讲的不幸无关前程，只关乎幸
福感。老大来得早，给家人带来无限欣喜，自然
得到万千宠爱；老三年纪小，其降临本身就是惊
喜，往往也得到最多疼爱。唯独老二，半半落

落，高不成低不就，让人不知道怎么爱。韩剧
《请回答1988》中的女主成德善就是被嫌弃的老
二。姐姐用过的生日蛋糕，蜡烛拔掉三两根，重
新点亮，再唱一遍生日歌，就算给她过生日了；
弟弟拉着爸爸买当时的网红冰激凌，她发现了
这桩地下交易，才能蹭上几口。老二们命运多
舛，留守的伊仔更惨，"童年最大的乐趣就是跟
我爸妈姐弟团聚。"

"你愿意聊聊童年时期在外婆家的生活
吗？"仿佛又要让这个三十岁的女孩回到当年寄
人篱下的情境中，感觉自己在危险的边缘试探。

"不愿意。"意料之中。

"还是说说吧。"自觉还有三分薄面。

"特别委屈。"压抑久了,沉默久了,总要找到出口去宣泄。

"小时候我会想,连爸妈的爱都得不到,我还配得到谁的爱呢?这种自卑一直笼罩着我,差不多到读大学的时候才缓过劲儿来。慢慢明白我爸妈只是更爱我姐和我弟,我也爱我姐和我弟,既然我们都爱着同样的人,他们少爱我一点儿我就不计较了。"诗人总能在自己充沛的情感和情感得不到充分满足的境遇之间找到一个诗意的平衡,就像"举杯邀明月,对影成三人""海内存知己，天涯若比邻"，还有"我们都爱着同样的人，他们少爱我一点儿我就不计较了"。

尽管体谅，纵然释怀，但她也坚信："小孩儿一定要养在父母身边，不然一生都难以与人建立亲密无间的关系。"

"夫妻之间不是绝顶亲密的关系吗？你和蛮仔也不是吗？"

"我都不能做到跟自己绝顶亲密，跟自己对峙是常态，就不去为难蠢男人跟我亲密无间了。跟孩子也不是，我很爱她，想给她尊重和安全感，我可以毫无保留毫无顾虑地爱她，这像是一种脱缰的自由，我很享受，也非常亲密，但是我怕绝顶，有种压迫感，于她于我，都有越界的嫌疑。"

　　这个伊仔，悄悄地偷换概念而不自知，还利用"绝顶"二字做起了文章。问题里的亲密说的是相处状态，答案里的绝顶亲密，是几乎丢掉独立人格的亲密，是一种极致的掌控，同一个大脑，同一种思想。很多中国家长与子女的相处模式正是这种可怕的"绝顶亲密"，伊仔不是，她说："我爱蛮仔，但是她有自己的人生要铺开，我也有自己的道路要载欣载奔。"

　　"你要奔向哪里？做新时代的追梦人吗?"

"我没有梦，我还为这事儿自卑过，别人都有，我怎么就没有，问起来我只能一脸尴尬。我理解很多人说的梦是指事业上的追求，我没有事业，只有职业。如果非要说我在追求什么，可能是一种状态吧，生机勃勃的状态，精气神儿三位一体，不管干啥，能保持对生活的兴致盎然，这是我的终极理想。今天比昨天美，今天比昨天有钱，今天比昨天的选择更多，都算成功。"

"过了三十岁，怎么能今天比昨天更美呢?"

"三十岁一定比二十岁更了解自己，审美肯定要提高的呀。"

恍惚了一分钟才想明白她的意思，如果你还不能欣赏自己三十岁以后的美，那真是只有年龄的增长，没有审美的提高呀。不愧是诡辩奇才！

"二十岁太穷了，除了胶原蛋白和婴儿肥，真真儿是一穷二白；四十岁上有老下有小，举步维艰；三十岁风华正茂美貌多金，是最美的年纪。"我越发相信伊仔是个文理双全的人，她有太多小心思，但心中大多数的小九九都能被自己的理智纳入麾下。内心足够优雅，三十岁乃至四十岁这些数字纸老虎都会臣服。伊仔说她喜欢自己现在的年龄，儿时寄人篱下，烦恼多过乐趣，少年时经济和人格都不够独立，总要受制于人。现在的她在一定程度上可以掌控自己的生活。"我不怕老，但是害怕随着年龄增加的就只有皱纹而已。如果年龄越大，对自己和世界的了解就越深，那几条皱纹又能奈我何？"

　　"如果蓦然回首，见到二十岁的自己，我会对她说：'你读了好玩儿的书，去过憧憬的地方，跟有趣的人谈了恋爱，这十年没白活。'"

附:伊仔写给女儿蛮仔的信《致一岁的小蛮》

小蛮:

你好哇,我是你妈妈。

你一岁啦！这一年来,我一直沉浸在持续的惊叹中。

先是你的外形,圆乎乎的大脑袋,胖乎乎的小手小脚,肉乎乎的青蛙腿,黑炯炯的大眼睛,为数不多却超有存在感的头发,两颗大门牙之间的缝隙……这些都让我沉迷。每次你醒来我打开睡袋的那一刻,就像拆一件期待已久的礼物。看你是我的新爱好,醒着的时候看你本人,睡着了就看监控,还有你的照片和视频,然后惊叹时间在你身上施展的魔法:刚出生时皱巴巴的那个丑娃娃哪儿去了?这个粉雕玉琢的小可爱居然是我女儿,我生的耶!看你这个爱好又让我衍生出其他爱好,比如偷拍你各种充满想象力的睡姿,看你每天早上变换不同的发型,我可攒了你不少黑料呢。

你的个性也让人着迷。不满一岁的你,风风火火的性格已初现,还没走稳就要一路小跑,跌跌撞撞的小碎步经常刹不住车,奶奶总是无可奈何地笑着说:随你妈!你一点儿也不娇气,无论是学走路摔了跤,还是打疫苗,你奉行的原则是能不用眼泪解决的事儿就尽量不哭。即使哭了，抱一抱就好。你也不扭捏，遇到不熟悉的人你会小心翼翼，一旦熟络起来又变得莽撞。你很坚定，只听自己的，不想干的事儿逼不来，想要干的事儿则不假思索一刻不停。你喜欢音乐，尤其是节奏分明的，你会跟着旋律摇摆，高兴了还会摇头晃脑，可爱得让人招架不来。我想，即使你不是我的女儿，我也会觉得你很迷人，也会很喜欢你。

你是个大胃王，出生后咱俩刚到观察室，你就饿得哇哇哭，别的小朋友都在睡觉，就你坚持大哭决不让步，直到我让护士给你灌了一支葡萄糖后又灌了一支葡萄糖，你才肯睡去。现在的你，一口气可以吃一个大橙子，经常让爷爷奶奶担心你圆鼓鼓的小肚子会爆炸。你是个小睡神，最长的纪录是从下午5点睡到早上7点半，嗯，妈妈觉得你的属相可能是考拉。对了，你还是个运动健将，这点像爸爸，爬得飞快，心无旁骛，脚下生风，来去自如。

与传说中汹涌的母爱不同，你出生前我对你的感觉并不强烈，甚至在你出生前一天我还搂着你爸出去逛街吃冰激凌，忘记自己是个孕妇这件事贯穿整个孕期，各种挥洒自如，当然，总是让别人胆战心惊。谁知你也是个急性子，只让妈妈痛了四个小时就出来呼吸新鲜空气了，皱巴巴黑黢黢的一团，小手小脚在空中乱舞，哭声嘹亮，直到护士把你裹进襁褓里。然后就像变魔术一样，你一天一个样儿，让人欢天喜地。我甚至舍不得剃你的胎发，力排众议，任由它在你可爱的小脑袋瓜上野蛮生长，不惜动用"鬼斧神工"这专属大自然的成语来形容你的天然发型。

我好像是在你出生的一瞬间就爱上了你，又好像是随着你长大慢慢爱上你。生你之前，我郑重地思考过生育的动机和意义，现在看来纯属多余。你就是那件无需判断、不会错、不嫌多、不嫌晚的事，学习和锻炼身体也算这类，不过远远排在你后面。

小蛮，你让我体会到前所未有的柔软和依恋，谢谢你，那个睡觉前喜欢歪着脑袋趴在我的肩头啃胳膊的你，喊妈妈喊到破音的你，吃奶时用手指戳我鼻孔的你，举着小短胳膊要抱抱的你，笑起来憨憨的你。

我爱你，因为你是我的女儿，更因为你是你，是小蛮。

你是我永恒的惊喜。

　　　　　　　　　　　　爱你的妈妈

命运是浪漫的

浪漫是什么？沧海一声笑的酣畅，拔剑四顾心茫然的失落，天地一沙鸥般的孤独，都可以是浪漫。与功利的人谈浪漫，本就是徒劳的。而徒劳本身便是一种浪漫。浪漫是可遇而不可求的，比如：

"当我得知渣男出轨的时候，当我一只手牵着儿子在机场狂奔的时候，另一只手上拿着大学那个男生写给我的情书。我庆幸自己从那个家里抢出了最重要的东西。"事情发生在2018年11月7日，那日立冬，全北京城启动点火试供暖。

听到这个桥段，我决定写一写牧羊。人往往在置之死地时，做出最浪漫的事情，就像电影《末路狂花》的结局，赛尔玛和路易斯开车冲下悬崖，那纵身一跃，是没有退路的决绝，是飞向自由的永恒瞬间。

午后，我利用地理优势很莽撞地冲进她的办公室，请她说出自己的故事。她说不想暴露自己，我说那你起个艺名。她说，就叫牧羊。

讲述牧羊其人，我想从她的背影说起。超模身材，纤瘦修长，"薄如蝉翼"。面对面，她素颜，阳光从窗外倾落，洒在刚点完痣的伤痕上面，莫名其妙的亮晶晶。"眼睛周围的痣都不太好，我最近比较迷信。"她发觉了我视线的偏差。我本能地收敛起放肆的眼神，低头，目光顺延至牧羊的手上。指如削葱根，唯一的瑕疵是有些干燥。左手无名指戴着一枚硕大的钻戒，钻石在手心的方向，手掌一合，便能将它紧紧握住。而婚姻不是。

牧羊的简历出众又普通，出众的是，留美海归，第一份工作就在BoA[①]，现就职于国内知名公益机构；普通在于，毕业工作，结婚生子，这样的

① BoA：美国银行。(编者注)

人生轨迹被她视为理所当然，虽有机会推开世界的门，却在做出人生重大选择时被骨子里成家立业、落叶归根的传统观念所左右。2008年9月，二十岁的牧羊踏上了赴美求学的道路。2011年，和一个留美富二代结婚，次年得子。因为肚子"争气"，生的是男孩，被公公婆婆"绑架"回国。"得知是男孩的那一刻，婆婆就想抢走这个孩子。"牧羊说。这样的判断或许源于女人的直觉，或许是母亲天然的占有欲，我猜。

在同事眼中，牧羊是一个极为理性的人，在什么场合说什么话，绝不僭越，绝不唐突；在什么年纪做什么事，嫁入所谓豪门，结婚生子。我不信，这不过是一个长相姣好的女孩给自己树立的人设，落落大方，做事得体，什么快意恩仇、锋芒毕露、争风吃醋、打情骂俏，看起来与她毫无瓜葛，但她骨子里的感性因子在骚动，甚至因为被压抑得太久而有了荡漾的欲望。

"你是一个浪漫的人吗?"我问。

"是。"这是在她身上难得一见的斩钉截铁。

"除了与情书私奔，你做过最浪漫的事是什么?"一个很俗套的问题，但得到的回答并不俗气。

"捉奸小分队成立的时候，五人，两车，我开的那辆蹲守在渣男单位对面，另一辆停在他们的公寓楼前。那时候我要取证，必须拍下他们从单位出来，一路走进出租屋苟且的画面。从午后等到傍晚，天色渐黑，我们在车上吃起了路边买的包子。"牧羊笑了，似乎"吃包子"与自己的人设不那么相符，"在那种黑暗的密闭的空间里聊天，好像更没有顾忌，很久没有那样谈话了。"

我很好奇执行重大任务前的轻松一刻能聊些什么。

"其中一个男生创业失败，我们都在安慰他。"

"这时候你倒安慰起别人来了。"

"要死要活的日子已经过去，我该取证做事了。"

说起捉奸小分队，牧羊的情绪空前高涨，队员都是她的同学——联系不怎么密切的同学。他们得知牧羊的婚姻状况，从天南海北赶来帮她捉奸。

"正聊得开心，有人敲车窗，不，应该是'凿车窗'。是个彪形大汉，他操着东北口音说，也不打听打听我海龙是什么人，这片儿是我的，你们快走，说着还用手机抓拍了我在车里的照片。"

"被发现了？"

"我也怕是被渣男发现了，于是开车拐到附近的派出所门前。谁知道那大哥又追来了，反复强调让我们别打歪主意，别想抢生意。"

"抢生意？莫非误闯了大哥的码头？"

"还是我同学社会经验丰富，他说刚才我们停车的地方有一座荒废的楼，楼里也许有传销窝点，这海龙是收了保护费。我们赶紧拍胸脯保证绝对不是来抢活儿的，又跟海龙哥互换微信，说将来可能需要您罩着。这才打发走了这个'程咬金'。"

"《捉奸囧途》会是一部不错的公路电影。"
我有点"羡慕"这段经历。

　　"嗯,现在我同学和海龙大哥是'好朋友'了,海
龙删了抓拍的那张照片。他们都是很浪漫的人。"

　　"你享受被当作弱者保护起来的感觉?"

　　"不享受,自己站起来才是原动力。"

　　"享受被关注吗?"

　　"我喜欢在自己的掌控下引导别人来关注。"

初见牧羊是在 2016 年，她扎着马尾，眼神怯怯的，一副生人勿近的"小白兔"之态。我以为她是初入职场的新人，哪里想得到彼时的她已是一个四岁孩子的妈。同事们 10 点上班，6 点下班，加班不限时，只有她 10 点上班，下午 4 点便回家带孩子。有人艳羡，这是哪里来的少奶奶？有人叹惋，留学归来，有金融从业背景，如此安逸度日，岂不可惜？2018 年冬天，她开始加班。如此反常的挑灯夜战，让人觉察到她的婚姻出了状况。她很感谢那段时间旁人没有因为这些蛛丝马迹来刨根问底。企业年会酒过三巡，她主动起身讲了自己半年来的遭遇。捉奸在床、出差回家发现门锁被换、想要破门而入婆婆以肉身相博、为打离婚官司父母卖了一套房，这些狗血剧情一个不落地真实发生在这个三十岁女孩的身上。

"你恨吗？"

"恨，恨自己眼瞎。恨那种狗咬你了，而你不能咬回去的无奈。"

我身边有不少二十出头的男孩女孩。他们有的说，三十岁的自己伴随着强大的实力自然拥有极强的抗压能力，承受得了生命之重，应该经得起风雨；有的说，三十岁的自己在情感方面的抗压能力应该更弱，毕竟时间和胶原蛋白都不够充足了。他们说自己三十岁时的状态，就像乞丐幻想自己成为首富一样，感觉那么遥不可及。三十岁的人，却惊觉二十岁犹在昨日，如今的自己不过是想要承担、努力承担，一步一步走得跟跟跄跄。谁不是第一次三十呢？

女孩的三十岁生日都是怎么过的？恐慌、焦虑、坦然、从容？牧羊不想回忆，"没有感觉，我那个时候心都死了。"两年前，他们的婚姻便只是一纸契约而已。如果没有炼就一双火眼金睛作照妖镜，那价值观的差异就像怀孕，时间久了才能显形。即便显形，心里也有一句话像根绳似的揪着：结了婚就该是一辈子。

幸灾乐祸是世人的本能反应，尤其是女孩

子对待好看的女孩子。"拜金女嫁入豪门,却惨淡收场,你介意这样的评价吗?"

"我在美国读书的时候,是他带着父母去美国追我要跟我结婚。我嫁给他不是我所求,是他所求的。"看得出,牧羊面对这样的论调是会生气的。"况且豪门,是一个相对概念吧,在北京,他爸妈算小富即安,给儿子安排一个清闲钱少的工作,并有能力时常接济,结婚以来,我也没少扮演接济他的角色。"

"你接受这段婚姻是接受一个人甚至一群人对你好,把你捧在手心的感觉?"

"对。"

莎翁说，爱情是盲目的，恋人无法看见自己的荒唐。现实是，很多人在投入一段恋爱的时候，甚至无法辨别那究竟是不是爱情。在自己爱的人面前没有勇气，又无法拒绝别人的喜欢。或者，他们认为接受别人的喜欢便是爱情。

"爱情是源自生命力的选择。我会寻找我爱的人，我会很清醒地意识到，我爱的是这个人，而不是爱他对待我的方式。"如今的牧羊这样看待爱情。"经历过人性背叛的女性，如果能经济独立，是不想再重走一遍婚姻路的，真有心爱的人，那就谈恋爱吧。"她说。

爱情之于婚姻究竟是什么，见仁见智。在牧羊看来，爱情与婚姻相互独立，如果碰巧重合，那会收获满满的幸福感，如果不幸错位，就该遵守契约，互不背叛。

"婚姻破裂，是一个人的问题吗？"

"我有我的问题。我很冷淡。"

"哪种冷淡？"

"在我发现我们三观不合的时候，我几乎拒绝沟通，我开始用上帝之眼藐视他的一言一行。"

"他在你这里找不到存在感。"

"小三却可以满足他的虚荣。"

"以后怎么过?"

"我只想和我的孩子生活在一起,虽然他身上有他父亲的影子。"

"做好成为单亲妈妈的准备了吗?"

"我有好爹妈,帮我一起扛。"这是她的第一反应，"单亲妈妈不可怕，可怕的是没有规划好自己的生活，为了活下去又踏进另一个坑。"

"你相信命运吗?"

"我相信，但不是冥冥之中无形之手的那种命运，我相信命运是自己造就的。"

"为什么化名叫牧羊?"

她发来一首诗：

海月深深

我窒息于湛蓝的乡愁里

雏菊有一种梦中的白

而塞外

正芳草离离

我原该在山坡上牧羊

我爱的男儿骑着马来时

会看见我的红裙飘扬

飘扬　今夜扬起的是

欧洲的雾

我迷失在灰暗的巷弄里

而塞外

芳草正离离

巧了，这首诗叫《命运》。

"你还……"莫名不太好意思问她是否还期待爱情。

"你是不是想问我还期待爱情吗？那个写情书的男生，最近在朋友圈晒娃了。"她笑了。

后记：

一段理想的关系，应是如鱼得水，徜徉其中放肆做自己，打也打不散的。

一段常见的关系，应是双方博弈，得尝用心经营的美好，痛并快乐着的。

一段鸡肋的关系,却是纠缠折磨,怒刷存在感而不得的颓丧,屡战屡败。

牧羊的这段婚姻无疑是第三种,"命运"正拖着她从泥淖中挣扎着抽离。敢于翻盘的她,是幸运的,尽管离婚官司还未宣判,儿子的去向还未可知,尽管曾经写情书的男孩已经有了自己的家庭生活。毕竟,笃定地拥抱不确定的未知已是莫大的成长。毕竟,爱人错过是这世上常有的事。

墨　绿

电影《春光乍泄》的最后,黎耀辉终于站在心心念念的伊瓜苏瀑布前,"我突然觉得我很难过,因为我始终觉得,站在这儿的应该是两个人",任凭瀑布旋起的水珠飞在他脸上。接着,王家卫导演用一个接近三分钟的长镜头描绘出这个世界上最宽瀑布的高度。

2016 年,二十八岁的墨绿和她的爱人手牵手站在了这里，"我们多次尝试拍出黎耀辉与瀑布的角度，却始终没成功"，一束光把墨绿的脸切割成阴阳两面，随着她身体的晃动，阴阳两个区域的面积也在此消彼长。

墨绿，三十岁，在失恋失业的双重打击下消瘦到七十斤，娇小的身躯顶着一颗蘑菇头，这是她出现在我面前时的样子，整个人仿佛从动漫中走来的蘑菇精。"人不怕没有走到过巅峰，最怕的是巅峰之后无尽的下落，无边的低谷。"墨绿是一抹忧愁的墨绿。巅峰过后的下落是必然，稍微幸运的人，下落的坡度小一点儿，速度慢一点儿，当然也体验不到蹦极似的快感。至于究竟有没有峰回路转东山再起的可能，凡夫俗子又怎会知道呢。墨绿口中的"巅峰"，应该是她和前夫环游世界的奇妙旅程。

2015 年，男孩通过朋友的朋友圈闯入她的生活，没有钻戒和所谓仪式，结婚是墨绿与男孩的默契。这仿佛是一段特立独行的婚姻，就连蜜月地的选择都不落俗套——冰岛。

"冰岛之行很美好，很自由，我们一起去米湖看了极光，别人可能要等好几天才能看到，但我们运气很好，只住了一晚就看到了。"听闻看风景也需要修行，道行深的人便能一饱眼福，道行浅的或赶上大雪封山，或遇上乌云密布。这更像是看过好风景的人某种沾沾自喜的推测。

有时到达目的地并不是目的，沿途的风平浪静、狂浪起伏才是美好的种种，尤其在冰岛。

"冰岛是荒凉的美，就像进入了另外一个星球，还记得我俩一起开车寻找马场，开着地图导航，却一直找不到。那天下着大雨，我们一直在开车，周围全是荒凉的土地，甚至莫名开到了一处墓地。那种感觉像极了探险，虽然最终也没有找到目的地，但还是很开心地度过了那一天。"

一路疯狂，一路流浪，任你是文艺青年还是摇滚客，这样的生活谁不向往。看过冰岛的极光，墨绿和男孩觉得外面的世界比想象中的更精彩。2016年新年伊始，二人辞去了"大厂"的稳定工作，夫妻双双把家还。买装备、做攻略，开始环游世界。在大多数人喊着"世界那么大，我想去看看"的老旧口号时，墨绿已经起飞了。从此，职场再无二人的传说。

从北极到南极，不过是一个决定的距离，当然是在有钱的前提下。莫名想到了《神雕侠侣》的结尾，杨过朗声说道："今番良晤，豪兴不浅，他日江湖相逢，再当杯酒言欢，咱们就此别过。"说着袍袖一拂，携着小龙女之手，与神雕并肩下山。神雕侠侣，绝迹江湖。然后呢？这部武侠爱情佳作的续集会不会变成狗血家庭伦理剧？我只知道，墨绿口中的男孩已经变成了前夫。

这要从那根世界上最南端的大麻说起。阿根廷小城乌斯怀亚，世界最南端的城市，空气微冷，也丝毫不影响罂粟的野蛮生长。如果说，阿根廷的伊瓜苏瀑布，是旅程中的一抹微笑；那么乌斯怀亚，便是旅程中的一滴眼泪。墨绿和男孩从这里坐船去南极，和同船的年轻人觥筹交错，相谈甚欢。我能想象的画面，便是出事前的泰坦尼克号，或是海上钢琴师终生不下的船。从南极回到乌斯怀亚后，墨绿二人受邀去船友租住的民宿做客，院子里开满了罂粟花，鲜红鲜红的。当地人围坐在一起，一人一口地吸起了大麻，男孩跃跃欲试，诱惑面前，人人都想尝鲜。墨绿的直觉告诉她：那一口，他根本没过瘾。

回到酒店，男孩快速吸完了买回来的两根大麻。血涌上头，心脏仿佛要爆炸，窒息，几近昏迷，"他觉得他马上就要死了"。墨绿颤抖着拨通了船友的电话，船友赶到现场时，男孩已渐渐好转，据船友判断，是吸食过量引起的症状。到医院后，症状全无，各项指标恢复正常。辗转到美国，男孩再次发病，症状一模一样，到医院后症状全无的戏码再次上演。"病"像一颗爱开玩笑的定时炸弹，随时可能引爆，但有效射程只到墨绿这里。

不知不觉，跨年了，南北美之行，也随着跨年的钟声和两根大麻一同燃尽。

回国后，男孩发病的频率只增不减，医生也检查不出任何异常。最恐怖的一次是在船上，船开出后，男孩开始呐喊，然后咆哮，最后哀号，他要求必须停船。船长无奈只得靠岸。"那次之后，我终于说服家人带他去看了心理医生……大麻事件引发了焦虑症。"

伴随着发病这样的小概率事件，生活继续着，男孩很快找到了工作，墨绿照顾着男孩，又要跨年了。过去一年，墨绿的活动范围只有家——一百平方米的房间。"我是一个很内向的人，心里也有梦想，我爱音乐，也渴望自己在舞台上发光，所以之前才会去网站做音乐编辑。"马上三十岁了，已婚未孕，一年多没工作，墨绿认为自己在求职路上遇到了太多性别歧视。与此同时，男孩的事业却上了一个台阶。墨绿不甘于此，但缺一把强有力的板斧劈开眼前这个困住自己的结界。她的哭闹声，换来男孩打游戏的鼠标噼啪声。"睡觉前，我会把他第二天要穿的衣服拿到客厅去，太吵了，我怕睡不着。"《伤逝》的故事一直都在发生，他们改头换面，以时尚的外表出现在我们生活的时代。女孩依赖男孩，希望他能给予更多安慰，男孩依赖女孩，希望女孩有无尽的包容。这些无度的依赖变成对彼此的消磨，消磨掉昔日的诚恳与温存，消磨掉各自在彼此眼中的光芒和魅力。大家都太相信自己脑海中的幻梦了。

状况没有多大好转的 2018 年，墨绿找到了一份不太称心的工作。也正是在这一年的 7 月，男孩主动为这段婚姻画上休止符。

墨绿住进朋友的出租屋，并患上了抑郁症。"我现在还在服药。"其间，她被客户投诉，再次失业。

没有结过婚的我不敢妄言，只感慨婚姻是个很玄的东西。如胶似漆时，一切都是灿烂的烟火；感情破裂后，四处飘散着铜臭，牵扯利益过多的甚至因此撕破底层的遮羞布。幸好墨绿和前夫还不是身家多少位数的大佬。法庭判决，前夫每月支付给墨绿一万块生活费。

"离婚以后我发现自己根本不能没有他"
"我很怕醒来""我积攒了很多安眠药,真的想过
要自杀"……墨绿讲到这里,我仿佛感觉到她正
在心慌心悸,我不敢打断,只好默默倒水。

"三十岁生日是在那个时候过的吧?"

"约了大学时的男闺蜜,一起吃了饭。"

"其他朋友呢?"

"我没有朋友。"

"初高中都只和一个固定的朋友在一起，大学时也想要发光发热，和大家玩在一起。"

"却一直没走出那一步，也没有人带着走。"转移话题之后，我们才开始对上话。

"他没有按时给我打钱，可我只是想见他，我想挽回他。"又绕回去了。

"见到了吗?"

"断断续续有联系，还会见面，也会有亲密关系。过年前还见了面，年后他主动给我打电话，说有新女朋友了，让我别再联系他。"

关于墨绿的那个他，我不是很愿意继续聊下去，害怕自己太过感性地去评价他人，也很怕自己沉浸在这段故事中无法抽离。

"听一位弹钢琴的朋友说，他愿意用自己的一生换肖邦一年的生命。"我再次试图转移火力。

"我很能理解这种想法吧，我的感情观就是一个人可以为另一个人付出生命的那种。我是一直想挽回我的上一段感情的，因为还做不到放下，但其实没有好的办法挽回，如果有，我会拼尽全力，不管付出什么代价都可以，因为他对我来说太重要了。"

　　那束光还打在她脸上，阴阳两个区域仍在
辗转腾挪，我看着她，幻想自己有一只隐形的
手，把她的蘑菇头向上提拉，使整张脸都进入阳
光灿烂的世界，然后继续上提，让整个身体都不
要留在阴暗的角落……好几次我想问，你不觉
得这样爱得很卑微吗？或者说，虽然你自知卑
微，但爱对你而言更重要。我没有说，我想世上
没有完完全全的感同身受，没有经历过她的过
往，没有爱过她的所爱，又凭什么站在所谓高处
指点江山？事业有成的有钱人不必指责乞丐多
么不努力，春风得意的有情人也没有资格说单
身人士多么不主动。你们问墨绿为什么不能忘
掉他向前看，难道不是健康的人对生病的人说，

为什么不好好养生不认真运动。

"幻想过我俩的未来,如果没有发生变故,我觉得我们会很幸福,各自有体面的工作,节假日可以一起去旅行,过相对自在的生活。但现在理想的生活状态就是尽快找到一份工作,让自己先安定下来,有能力养活自己。"

如果当初不去辞职旅行,也许就不会有后来因失业导致的失意,也不会因为失意的心情影响感情与婚姻,自然也不能看遍世间风景,亲身体验人性中不堪一击的脆弱。世上没有那么多如果,更不存在"如果当初不……"至少在平凡的生活中,我们还没有找到那个传说中的平行世界。世上也没有那么多绝对正确的选择，有的只是在选择之后必须要承受的结果。人生的蝴蝶效应，例子还少吗？

墨绿始终认为，婚姻的结束也怪自己，怪自己当初没有想清楚到底想要什么。到底想要什么呢？

"我想要一个稳定的家。"

"和父母的那个家呢？"

"爸爸妈妈都是做生意的人，小时候也不常陪在我身边，爸爸还有一点儿暴力倾向，和妈妈相处的感觉……不是很好。"

"有人说，二十岁热烈如酒，三十岁绽放如花。"

墨绿说："二十岁充满幻想、毫无畏惧，三十岁艰苦卓绝、荆棘塞途，从来没想过自己会混到这种地步，没了家庭和工作，一切都要从头来过，但年龄的压力又带给你更多困难，被生活压迫得几乎丧失了爱的能力。"

前不久流行一款能看到自己老年状态的手机软件，只要上传自己的照片，便可制作一张相应的老年照，我始终没有勇气看自己老去的容颜，残忍的一刀终究会来，为什么要急着对自己下手？墨绿却做到了。大眼睛小脸儿齐刘海儿，加上无数条纵横的沟壑，仿佛俯瞰流水侵蚀后的黄土高原。"比我想象的还过分，你还是不要看自己的了。"

我也只好说，未来路很长，至少现在依然美丽。

魔镜魔镜告诉我，人生选择是什么

　　和柳煦见面后的两个月，墨绿终于找到了工作，牧羊失了业，为保住孩子的抚养权又去考了公务员。这么久，我都没能找到新的访谈对象。不是因为世界缺少美，而是因为我发现美的眼睛险些关闭。

　　成年人的崩溃是从自我否定开始的，自我否定是从意识到自己三十岁还要借钱开始的，我以为自己会是一个事业有成的女性，一个了不起的人。还不上信用卡的那天，要借钱的屈辱甚至大过经济压力。而这一切，或许都是因那人而起。

那人：我欠你的，别人还欠我的呢。

我：这跟我有什么关系？上一笔劳务费已经拖了三个月，请给我一个日期。

那人两只眼珠喷射出火，被旗袍包裹的水蛇腰颤抖了起来，声调拔高三个八度怒吼：你这么说是什么意思？

我很无辜:我说什么了？大脑变成一块无边无际的 LED 大屏,上面铺满黑人问号脸,他们旋转着,飘散着,弥漫着,几乎要吞噬掉我幼小的心灵。如果不是身体素质过硬,我恐怕会当场一口老血喷出来。

那人下意识地降低音量,音调没变:那你到底是什么意思？我不光欠你的,我还欠别人的,人家怎么不急呢？

如果我当时哑口无言,一定与愤怒无关,那应该是一种震惊,如此理直气壮,到底是怎么做到的？我试图闭上眼睛冷静下来,一字一顿:别人欠你是他跟你的事情,你欠我是你跟我的事情。

那人恼火地拂袖而去，而给钱的日子还是遥遥无期。我遇上老赖了？明天就像是盒子里的粽子、月饼、汤圆，"什么滋味充满想象"。无论如何我都想不到，自己会走上一条狼狈的讨薪之路。故事的主人公，真的是我。

而露出狰狞面目的那人，一个月前还与我把酒言欢，谈天说地。那人说，我们虽不算一见如故，但这几次交谈中发现的确投缘，希望我们能长久合作。我欣然同意。这一个月来，我亲眼看见其公司被供应商多次催债、办公室退租等一系列变故。

我不认为劳务被拖欠三个月后催债有何不妥，而那人的公司也确实没钱给我。月光无积蓄的我需要用钱，她现金流不充足的公司也需要维持和硬抗，这一年有太多这样的小公司在挣扎求存。她有她的考量，我有我的立场，她有她的困难，我有信用卡账单。

我，从电视台辞职后与朋友合开公司，有一份不算难看的履历，租着东三环的一居，出行全靠滴滴，有时买起衣服来"咔咔滴"。可我，真的没有积蓄。

她，开着国产的奔驰C系，拎着LV、Gucci，随身携带一位助理，为其拎包、提鞋，以拍照的方式来记录一整天的会议。即便如此，我仍然相信她真的没钱，至少没有给我的钱。

我猛然惊醒，从这个维度上讲，我和她如同两辆在平行铁轨上行驶的列车，双双脱轨，大肆相撞，伤亡惨重。吃了苍蝇一般的恶心渐渐退散，变成一份同情，不，是两份，一份施舍给她，一份留给自己。

恼火，为捉襟见肘的窘状，更为这份因钱财搞得如此不体面的苟且。在这个繁华的大都市，我们拼尽全力，认真生活，难道不是因为更爱"诗和远方"吗？现实是，我们努力勉强维持着一份与这座城市配得上的尊严与体面，却不自觉地陷入另一种形式的苟且。我们一面视苟且如大敌，迅速奔逃，恨不能与之此生不再相见，一面又跌跌撞撞奔向了它。它像五指山，而我们却和孙悟空差了十万八千里。长大后，白雪公主成了王后，灰姑娘成了又老又灰的姑娘。只有魔镜真诚地告诉你：世界上最美的女子？别闹了。

夜风乍起，吹皱镜中人，她冷漠凝视，又有些激动地扯掉一根白发，紧接着翻动满头的黑发，看有没有漏网之白。她又警觉地凑近我，目光如钩，鼻子做轻嗅状，撇着的嘴角写着四个大字：嗤之以鼻。她没有放过我的意思，双眼继续勾着我，让我动弹不得。她开始拷问：

你，不是要全国人民都知道你的名字吗？

我一愣，畏畏缩缩道，年少轻狂，年少轻狂。诶，童言无忌。

你，不是要铁肩担道义，妙笔著文章吗？

是的，我想成为一名关注民生、看见疾苦、为弱势群体发声、客观公正的记者，笔下有千军万马，有千姿百态。可当时刚毕业的我被拉进一档娱乐资讯节目，成了一名娱乐新闻记者，从此，笔下有千奇百怪，千娇百媚，幸好不曾无中生有，无事生非。

你，没看过电影里的"人言可畏"吗？

必须看过，所以一开始是有些排斥这份工作的，更不能理解为什么周遭的同事大多对自己的职业引以为傲。后来，我跑过大大小小的发布会、开机仪式、公益活动，片场探班去过成百上千次，采访过的明星艺人几乎覆盖娱乐圈半壁江山，绝大部分合作都是抛梗、接梗、彼此成就、皆大欢喜。儿时遥不可及的明星可以瞬间成为眼前人，或与想象中的美好如出一辙，或让人感慨不过尔尔。

采访过，之后呢？

　　之后，就是我走出酒店大门，闻到人间烟火的味道，和那些人形同陌路，再无交集。你不会真的以为自己会和他们成为朋友吧？我终于可以反问她一次。

　　当然，应该，是不会的。我看得出，她迟疑过，可瞬间夺回主动权接着拷问，就因为这份新奇，做了三年狗仔？你对自己的人生负责吗？

　　不，娱记不是狗仔，跟拍别人私生活的才是。娱记生涯的那三年，还没有所谓顶流"屠榜"热搜，电视也没有没落。我见证了行业内不少大事件的爆发和收场。比如巨星离婚，让娱乐圈铭记的那个周五晚上，节目组旋转起来，有人第一时间奔赴前线(机场)捕捉当事人的风吹草动、蛛丝马迹，有人连夜搜集素材，盘点情感履历，试图解答"曾经那么想'将爱情进行到底'的他们，为何终究逃不开'相聚离开都有时候，没有什么会永垂不朽'的魔咒"。引号里那句是我当时写下的台本，再写不出那样的"金句"，甚至"看到都会红着脸躲避"。又比如轰动一时的"周一见"狗仔偷拍男明星出轨女明星一事，采访不到当事人，媒体人就用互相讲述对男主人公印象这样的方式填充内容，可谓"墙倒众人推"，虽然这堵墙本来自身就不够结实。事发一年内，又陆续在不同场合见到了故事的两位女主角，面对长枪短炮，一个如惊弓之鸟、受伤的兔子，一个看似镇定，却不似在银幕中看到的那般自信。时隔多年，故事里的人都已沧海桑田，而历经岁月变迁的看客们依旧喜欢聊那故事里的事。

总有新认识的朋友好奇我的从业经历，他们用十分肯定又带有试探性的语气问，贵圈是不是特别乱？不是。这个回答似乎让大多数人失望，人们总是相信自己愿意相信的。生老病死、婚丧嫁娶，每一天都在发生，欲望、贪婪、自私、放纵、傲慢、嫉妒，这些特性都不同程度地存在于凡人的身上。七宗罪来自人，八苦亦属于人。贵圈的一言一行都被关注被放大，圈中人仿佛生活在显微镜下的蚂蚁，从不同角度看总有些畸形。就好比琼瑶剧中的角色，所有内心戏都要外化，其呈现效果就是咆哮、疯癫、不正常。或许隔壁老王和村口小李的故事更精彩而不为外人知道。

所以，你的成就感来源于哪里？

也不是完全没有成就感，在炫目灯光背后的阴影下，我知道了什么是真实存在；在一切皆有可能的新闻版面中，我慢慢理解存在即合理；在感情的保质期面前，我不会再问永远有多远，懂得了"又岂在朝朝暮暮"，永远未必是时间的长度。

而且，你知道吗，六年后的今天我才明白，

你看不上的这份工作是多少人抱着真金白银都谋不到的"好差事"。我竟有些得意忘形。

那为什么要离开？如果一直留在电视台，升职说不准，加薪不太可能，可毕竟不至于被人拖欠劳务随之把信用卡刷爆吧？你对自己的人生还是不够负责！

我没有不负责。我，没有。

那你倒是说说离开的理由，是明星不好看，还是别人叫你"媒体老师"你还觉得不够受尊重？

是我认清了自己虽然手握话筒，却没有话

语权的事实。那是去探班一位著名喜剧演员执导的话剧,一位主持人出演了其中一个重要角色。德高望重的导演专业也敬业,对其中一场戏不甚满意,多次指导并调整细节,再来又再来。喊里咔嚓一顿采、写、编后,片子播出。

当晚主持人用微信提刀杀来:"我演技有待磨炼? 台词有待提高? 你不尊重新闻真实性啊!"

"导演是调了很多遍啊!"

"我明明演得很好,好吗?"

"……"

"你完了,我要吊销你的记者证,还要给你穿小鞋,背后阴你,哈哈!"

我完了。主持人用玩笑的口吻表达了他的真实想法,当时只是呵呵一笑,因为确实好笑。如今没有埋怨,回想起来,还真该感谢他让我清醒,所谓"尊敬的媒体朋友,诚邀您前来报道",应该翻译为:"我给你一份'车马',你帮我宣传一下。"

你若真的清高,"车马"可以不要吧?"车马"不就是一个装着几百元到一千元不等的信封吗?

说得容易，当我结识了一些每天跑五个活动领十份"车马"的同行，才知道这份工作的终极要义竟然是"发家致富"，才知道自己有多穷，才知道他们为什么抢活儿抢得你死我活。患贫也患不均，在贫穷面前，在不均面前，我低下了高贵的头颅。我承认，我做不到从周遭环境中抽离，只好做一个别人眼中的怪物自己心中的圣人。再见了，新闻理想。也可能，早就不见了。

　　赚钱真的那么重要？对你来说，那么重要吗？她的灵魂拷问有点像废话。

　　我出身平凡，但也没有因生存问题发过愁。可那个时候，眼前是舞台上的闪闪金光，身边是用各种大牌包裹起来的人儿，于是心中的物欲开始觉醒，对吃穿用度的各种品牌产生了浓厚的兴趣，竟认为读书时"小富即安，更幸福的是诗意地栖居"之态度是源于见识浅薄。在经济压力与精神压力的双重作用下，我和朋友合伙创业做起了公关营销公司，成了那个给媒体发邀请函的人，打算昂首阔步堂而皇之地赚钱了。

　　你成功了吗？她倒是直奔主题。

　　我成长了。从一个山洞跳进了一个旋涡，这两段经历无缝衔接，前者像阳光下的彩色光圈,梦幻、华丽,一碰就破,后者是一个咖啡味的甜甜圈,尝到点甜头我便以为自己能造出一个摩天轮……因人成事也因人废事,幻想自己高楼起,实则眼看自己刚打的地基被埋了。

太虚了,你不愿意回答这个问题吗?她追问得很紧。

创业不是儿戏,需要十三条军规来指引,创业失败的理由,大概有九九八十一条那么多。简单讲,是一个合伙人逐渐貌合神离分道扬镳的故事,比如,我说我的理想是自由,坐在对面的人则认为,我不爱拼搏,只追求散漫怠惰的生活。工作不是交朋友,但价值观隔着山海甚至宇宙的人又怎会有一致的目标呢?

你没有反思过自己吗?

必须反思啊,公司的主营业务是宣传,客户是来自娱乐圈的朋友们,这意味着发通稿、买水军、冲热搜、造话题,都是我们的工作内容。我不够坚定,常常自我怀疑,甚至写过一篇可笑的日记:

最近有部电影,女主角周迅缓缓读着茅盾的《黄昏》:风带着夕阳的宣言去了,像忽然熔化了似的;海的无数跳跃着的金眼睛摊平为暗绿的大面孔。

那个年代的青年是读散文的，风与海，海与夕阳，见证着、携带着彼此的誓言，静候黄昏的来临。现在还有人"矫情"至此吗？作为一个宣传工作者，我常常教导自己和小朋友：要直给，写那么多字没人看；图片才有说服力，哪怕图文无关；尤其要注重标题，哪怕与正文无关。大家爱看"×××又晒新证据，×××啪啪打脸""五个女生六个群"，你那些黄昏黎明诗情画意，没有用。可我毕竟念过中文系。闭上眼睛，我仿佛看到中文写作老师、文学概论老师、各类文学史老师拿着竹棍指向天空，让我跪在"子"面前忏悔，而"子"不接受。

文字的堕落不过是冰山一角，更可怕的是这行当里某些不够高级的手段，譬如炒CP、爆黑料、靠黑红取得关注后再洗白、用公益洗白、用亲子关系洗白……如此种种，每一天都在上演。在这个信息爆炸的时代，本就需要辨别真假的慧眼，而我们的工作，莫不是一定程度上的混淆视听？是我们放弃了信仰，还是信仰放弃了我们？

何至于上升到信仰，你的人生选择是不是出了问题？她不吃我这套。

也许吧，可怎么能确保人生选择无误呢？人生是一道客观题吗？有标准答案吗？如果有，你告诉我，我去抄答案。

至少有些方向不会出错。比如听家里人的话去考公务员，或者去做对外汉语教师，出国看看也好，你那些同学出国后都发展得不错吧？

　　所以说，人生不是简单的选择题，否则就不会有"无心插柳柳成荫""柳暗花明又一村""塞翁失马焉知非福"了。

　　跟我你就别矫情了，读研时有不少出国实习的机会，怎么没去成？2012年冬天，你和三个同学通过学校选拔后被带到国家汉办参与下一轮面试，如果面试成功，就会被送到西班牙或者其他西语国家。

你说的没毛病，当时我还在人人网发了一条状态臭显摆："天呐，会被送到智利还是阿根廷？不想去放羊啊！"随之而来的却是一场人间惨剧，在我按照要求辨析同义词（我的强项）之时，一个戴眼镜的年轻男老师忽然打断了我的话，追问又或是逼问了我一个问题，具体问题已经被年岁模糊掉，只记得当时我磕磕巴巴地结束了回答。之后，又一个老师问："你会弹琵琶？你会把它带到国外吗？你不嫌麻烦吗？"我仿佛被点着一样，这是什么问题？"当然会，那有什么好麻烦的！"面试结束。几天后，结果出炉，三个同学都被公派了，而我，对汉语教学仅存的一点儿热情没有了。

为什么别人会刁难你？你不觉得是自己阿Q附体吗？

请相信我，我也是不久前才知道真相。去年的一个深夜，我和身在欧洲的同学聊起陈年旧事：

"知道你当年为什么没出去吗？"同学问得很突然。

"因为我面试表现很差，还对老师有了逆反情绪。"

"不是的……我也是后来才知道,那时你都毕业了。"

"那是?"我闻到了悬疑的味道。

"你那天穿了一条蓬蓬裙,头上戴了一个蝴蝶结发夹。候场时,你身后坐了一个小头目,你可能根本没注意到。她跟面试老师说,不管你表现多好,都不许让你通过。她不喜欢你的仪表和着装,不庄重。"

"……"

"告诉我真相的是一位师兄,他在那里工

作。当时不想伤害你，他让我们都保守秘密。"

诧异、愤慨、悲哀，这些情绪在一秒钟内集合完毕。我可以做什么呢？我连对方是谁都不知道。我要找空气复仇吗？一条深蓝色连衣裙，一个蝴蝶结发夹，一个陌生女人，改变了一个人的命运？啊，是命运！一定是命运，是造化弄人。我想到了俄狄浦斯王，我想到了古希腊神话。在古希腊神话中，命运高于一切，无论是人还是神，都逃不出他的手掌心。命中注定，那位领导坐在了我身后。命中注定，我要接收一个陌生女人的敌意。

诧异、愤慨、悲哀，这些情绪的集结有什么

用？如果不是你少女心泛滥、神经大条、自以为是，毫无意识地穿着那套学生装去面试，如果你做好万全的准备，如果你记着细节决定成败，如果你内心强大波澜不惊，又怎么会发生这种状况呢？她真的不近人情，我只能不断接招。

哪有那么多如果？

哪有那么多"如果没有"的借口？

可这就是我本人，我天性如此，性格决定命运，或者命运决定性格。我有什么办法？出国失败让我断了其他念想，义无反顾追寻新闻理想，看似偶然，实则必然，且顺理成章，你不觉得吗？

我打算嗍嘴卖萌赶紧结束这被拷问的煎熬。

可她看起来很生气。原来你是这么一个擅长推卸责任、没有勇气面对自己的人，你时而追求世俗意义的成功，时而又讲究无用的浪漫，你不想苟且却无法停止苟且，你来回摇摆，反复怀疑，动不动就沉浸在自己打造的情绪迷宫里，三十岁的你，很差劲。她不只生气，还失望。她流了眼泪。

你又为什么要处处苛责我呢，你这样真的让我很痛苦。我如此纠结摇摆难道你就不用负一点儿责任吗？

她哭得更凶了，上气不接下气。可我看得出她试图平静下来。

或许你说的对吧，我三十岁过半，理想生死未卜，事业基本无成。似乎什么都能做，又似乎什么都做不了。为生计奔波，偶尔探讨生命的价值和意义。中年危机好像提前来了？猝不及防，一地狗屎。是的，我很差劲，我不够好。可我希望你能接受我，或者，拥抱我。

我怯怯地伸出左手，又慢慢地伸出右手，四个掌心两两相对，身体却始终无法贴近。

崔凌云，你这个蠢人，没有我你就完了。她

说着,撤出与我相对的手掌,双臂交叉,环绕过肩膀,紧紧抱住自己。我周身暖了起来,很安全,很安全。

这场拷问,或者说审讯,终于告一段落,临别时,她警告我,不许忘记年少时吹过的牛,要负起责任来。

我点头,好像是答应了。"你觉得自己很费力,那是因为你在走上坡路",心灵鸡汤也要相信哟。

人与人盘根错节地交织着,拥抱着,对抗着,构成了这个世界。于是有了太多隐形的手,隐形的脚,隐形的敌意,隐形的爱慕……在历史的车轮下,在时代的浪潮中,谁又能完完全全掌握自己的命运呢?尽管如此,我们还是努力攀爬着,试图走出一个又一个的困境;我们还是伸出双手,五指转动着,试图抓住一个又一个机会;我们还是搅动大脑思考着,试图做对一个又一个选择;我们还是张开双臂拥抱着,试图温暖一个又一个爱的人……

孤独地歪打正着

　　总有太多求而不得，让你觉得人生不如意事十之八九，总有一些歪打正着，让你觉得常想这一二也不错。咖啡时间，在公司楼上闲逛，走进一家《老友记》主题咖啡厅，环视其中陈设、周遭环境，赫然发现十年前曾和闺蜜坐公交转地铁专程来这里打过卡。像风吹着你走了八千里，一个浪又把你拍回原地，正当你迷茫故乡是否已成他乡时，和一位老友久别重逢，你感慨，终归有些东西是不变的。点了一杯美式，咖啡杯上印着两行字："Dress like Rachel, Love like Ross."这让我恍惚间想到一个人，她和我一样喜欢 Rachel。

Sara 是一个自称不折腾的女孩，此刻在英国牛津做汉语教师。感受一下比我们晚八小时的生活状态：

2019 年只买了两支口红，其中一支快用秃了，而往年囤的还有好多支没拆封。打算把衣柜里一整年没穿过的衣服捐去慈善店。业余生活就是在家听音乐、练字，都不花钱，每周选一家牛津本地的博物馆、植物园或美术馆，一是离家近，二是场馆本身就免费。再有就是跟朋友去森林采蘑菇之类，也不花钱。

比较了中英在储蓄利息上的差异，每个月国内银行卡的工资一到账就买上理财产品。英国卡上的补贴，三分之二作为流动资金用于日常开销，三分之一存为三个月的定期存单。不够花时，用国内信用卡消费，下月用国内工资卡还，还能得到 $1\%\sim3\%$ 不等的返现。微信钱包是零，余额宝有一两千块钱，用于临时替爸妈买点小东西，而且都不贵。

在英国一年多，我的攒钱能力比在西班牙时提升了不少。但是幸福感好像也没有减少太多，除了吃得不好。可是在英国，就算你花了大钱，又能吃得好到哪里去呢？

以上来自 Sara 最近的微博动态，聪明人会给自己做减法，知道何为身外物，也懂得居安思危、未雨绸缪，更加懂得享受孤独。能享受孤独的自由，便不会害怕孤单的落寞。

"偶尔看到小情侣在一起还挺羡慕，前段时间牛津灯光节，和一个小哥哥约好一起去，后来他家里有亲人去世便回了北爱尔兰。我为他感到遗憾和难过，但心里竟觉得有些畅快，因为可以自己一个人去玩了，隐隐地有些如释重负。我自己逛得很开心，还买了热巧克力浇在油条上，又买了德国的香肠，因为配菜酸菜就像东北的酸菜一样好吃。我是一个很能自洽的人，有男朋友的时候挺开心，自己一个人时也很好。"

在十八岁后的十二年里，从苏州到北京，从西班牙到英国，Sara过着一种别人眼中的飞扬人生，也打造着自己独有的现世安稳。不折腾，还总能歪打正着。相识多年，我可以清楚地感知到她的界线在哪里，绝不敢触碰，更不敢越界。柔弱的外表和斯文的眼镜下透出的光，仿佛在告诉除自己之外的所有人，遥遥相对可以，如胶似漆免谈。"我与你是河两岸，永隔一江水。"倒是柔柔弱弱，可就是让人找不到软肋。这金钟罩、铁布衫究竟如何练就？

"一是让自己真的没有软肋，这很难；二是不在乎，看开点。小时候在奶奶家跟堂姐一起玩，她是爷爷的大孙女，所以那时爷爷奶奶比较偏心，他们买两个碗，一红一黄，让堂姐先挑，剩下的给我。姥姥家也是，表哥比我大一个月，姥姥比较宠他，也让他先挑。我很乖，不会跟他们抢，就让他们先挑吧。但是有些小孩就很无常，挑了红的之后又想玩我的黄的，这个时候我就很生气，跟他们大打出手。后来我自己复盘的时候会想，因为我是弱小的一方，没有话语权，所以我知道争抢没有用，弱点暴露出来后没有任何意义，但我有自己的坚持，已经给了你先选择的权利，剩下的就是我的，你不要再来跟我抢，如果你再来抢，我就跟你打架。性格使然，也可能是我童年的缺失造成了这种性格。"

敲击键盘的此刻，我感到一丝压力，很怕在描述这位高知女性时出现重大偏颇，"高知"不是学历，是智慧。起初我为 Sara 设计了几种不同的出场方式：

方案 1：世界杯仿佛人生的刻度，四年一格。如此算来，人的一生能有几格呢？Sara 是球迷，于我这类伪球迷而言，她算是一个懂球帝了。三届世界杯，三场足球赛，对她的人生选择有着重大影响。

方案2：无论在何时，无论在何地，都有一个神奇而平凡的物种叫作"渣男"，欧洲的渣男被她遇上了。在《哈利波特》取景地——牛津大学基督教会学院，他对她讲，亨利八世如何改革，他一共有几位王后，画像的左边是他的第几任妻子。博学而不够帅气的西班牙小哥用高智商让Sara完全沦陷，蒙蒙烟雨中，他们在图书馆连廊拥吻。没多久，小哥便通知Sara，自己爱上了一个伦敦女孩。

方案3："我不看好婚姻制度，我是一个把性和爱分得很开的人。"来的不是李银河老师，是我的一个朋友Sara。她在西班牙和英国的多所学校任过职，游历过大大小小三十二个国家。

但，每每想到她对我说的下面这番话，我的手指便停下了洋洋洒洒的步伐。

她说："我不觉得我是一个有精彩故事的人，故事都是可以杜撰的，人设就可以立起来了。同样的事情如果你用不同角度去讲就会有不同的效果。我家有个表哥，他跟别人讲我的时候，就说：'人家在苏州不想待了，想去北大就去了北大，想去西班牙又去了西班牙，说回国就回国，想去英国又去了英国。'只从这一个方面描述，他说的也没错。但我也可以立其他人设，我可以说我是一个失败者，三十岁，没有固定的发展，也没有前途的规划，东搞搞西逛逛，最后也不知道自己做了啥。要编制没编制，要对象没对象，什么都没有，这就是一个很失败的人设。其实我不是一个很洒脱的人，但你如果想要给我立一个洒脱的人设，也立得起来，在我这三十年的人生里，见过各种奇奇怪怪的人，去过各种奇奇怪怪的地方……在这个速食的社会，人们总是特别需要一个标签化的东西来让别人记住，大家都很着急，如果没有一个标签能够吸引别人的眼球，就没有流量，没有流量，一切都无从谈起，但我对此非常反感。"

我忽然意识到，曾经的职业习惯让我喜欢"找点"，即迅速找到某人、某事的某一方面作为其迅速对外传播的点。尽管我对动不动就立人设、贴标签等手段深恶痛绝，但自己在表达上也受此影响不浅。那么，这次就慢慢道来，没有所谓精彩的故事，没有激烈的冲突，我们可以不要《复仇者联盟》，《爱在日落黄昏时》也不错。就从Sara钟爱的足球讲起吧。

足球如初恋，豆蔻年华喜欢的男孩，美好、深刻。2002年，中国男足在日韩世界杯一展拳脚，那年Sara上初中。世界杯也为她打开了世界的大门："原来世界上有这么多足球队踢得这么漂亮。"此后，她钟情于意大利队及意大利的足球俱乐部尤文图斯，近二十年未变。2006年世界杯，高三女生Sara半夜起来看比赛。

"'你到底要看几场?'我妈问。"

"'小组赛有三场,最多了,如果意大利踢到决赛,一共七场,但我不看好他们,应该踢不了七场。'我爸解释,我妈信了。"

"平时好好学习,有意大利的比赛就看,感恩母上大人。没想到,我真的看足了七场,还看了一场意大利夺冠。"

时隔十三年,我依然听得出她的欣喜。其实那场比赛我也偷偷看了,法国对意大利,在比赛进行到一百一十分钟时,已经为法国队贡献出一记勺子点球的齐达内用头顶向马特拉齐的胸膛，吃了一张震惊足坛的红牌，被罚下场后，他与世界杯交错而过，往事已矣，前路遥遥。遗憾也好，唏嘘也罢，比赛总归要遵守规则。意大利夺冠让十八岁的Sara感受到了人生的高光时刻。"十八岁，我觉得在球迷这个身份上已经走到巅峰了。如今再想这个问题，觉得当时太天真了，以为可以再上升，其实那已经是巅峰了，以后都会在谷底。就像你少年意气的时候，觉得人生会更好。可能会更好，也可能从那个巅峰开始你的通道会慢慢变窄，选择范围会越来越小，这也是看球给我的启发。"

有些爱好已经超越了爱好本身，爱好的无限延伸与为之进行的探索影响着Sara给自己绘制的人生地图，而这样的人生地图又会给她的球迷生涯带来额外的欢喜忧愁。

"喜欢尤文图斯，想学意大利语，但2013年公派项目中没有去意大利的，我觉得西班牙语跟意大利语最像，也算'曲线救国'吧。按照这个路线，应该学好西语赶紧再去学意大利语，但我后来还是想把西语再提高一些，就彻底放弃了意大利语，现在听到意大利语会觉得好难听啊，这是什么阴阳怪调。似乎完全背离了初衷。"动机不明确，缺乏全局意识，是Sara给自己的短评。

在西班牙，Sara看过一场欧冠的半决赛，尤文图斯对皇家马德里，那场之后，尤文就晋级到欧冠的决赛。"十八岁的感觉在当时重现了，我以为冠军唾手可得，但事实是，后来掉到了谷底。"也许都有些得意忘形了。"所以人一定要及时行乐，梦想也是，赶紧去追，说不定那时候就是你离梦想最近的时候。把握时机对人生来说，是一件非常重要的事情。"

人生如棋也不如棋，有时缺乏全局意识，但把握准时机，或许能歪打正着反败为胜。反之如果步步为营，步步为赢，你又何尝不是被自己的目标操纵的一颗棋子？

"社会上一些人会把女球迷污名化，认为女

生看球只看脸，事实上我认识很多专业的女球迷，她们之中有特别喜欢德国队的，还因此去学了德语，做了德语相关的工作。如果像她们一样，我也可以成为一个意大利语的人才。这种没有目标的感觉挺难受的，但我也因此不会给自己设定界限，有无限的可能。歪打正着吧，如果我十三四岁不看足球，不喜欢意大利，我后来可能也不会选西班牙，也不会选西语，也就不会因为语言优势来到英国。"

一步步，一年年，她在不同国家行走却不奔走，保有澎湃的激情并遵守着自己的游戏规则。守规则是Sara与自己和世界的相处模式，这让她无比适应目前在英国的生活。

"如果你是一个特别遵守规则的人,不希望别人打扰到你,一切都按规矩办,那你可能比较适合来英国;如果你喜欢人情社会,人与人之间甚至可以越界,那你可能适合去西班牙。我在英国租房子,说好哪天入住就必须哪天搬进来,想提前三天,多交三天的房租,他们不同意,非常死脑筋。但这里是有章可循的,我前一阵子要搬走,中介要克扣我的押金,他说房子没打扫干净,还威胁说房东要告我,我说那我也要告你。在网上搜了一圈儿,发现在英国租房子是有第三方保护机构的,我就向他们投诉,第三方机构就仲裁把中介扣的钱还了回来。同样是租房子,在西班牙的经历是这样的,当时我想提前三天入住，西班牙的中介说，我们要做完保洁你才可以搬进来，但如果你想提前三天来也可以，我们就不打扫了，全面清洁的费用是50欧，三天的房租差不多也是50欧，你就少付三天房租自己打扫。他们非常灵活，跟英国人完全不同，但我更喜欢英国这种特别有规则的地方。"

作为外国人，Sara 在西班牙得到了一些特别的关照，在英国却受了欺负，但她依然坚持自己的看法：遵守公共规则，愿意维护它，懂得怎样用规则保护自己的权利，就去英国。"我就是那种装在套子里的人，所以我就真的会更喜欢这种社会。"

装在套子里谈不上，特立独行倒有那么一丢丢。记得我二十三岁生日那天，别的朋友都唱了生日歌，她说，我可以唱一段昆曲。在此之前，从没有人为我唱过昆曲，我也不曾主动听过。那是一次新鲜且特殊的体验，以至于我后来去上了白先勇老师在北大开的昆曲课，并且对这件事念念不忘了七年。"你是一个喜欢在爱好上与众不同的人吗？"

"高中时喜欢张爱玲，喜欢上海，高考后发现如果去上海就上不了太好的学校，就'曲线救国'去了苏州，后来去过上海很多次后，我发现自己更喜欢苏杭，歪打正着。苏州的拙政园和留园，我可以在任一个园子里待五个小时，同学们都觉得我疯了。我在苏州园林里听他们唱昆曲，人们在物质文化遗产里演绎一种非物质文化遗产，非常美。人类的文化都是共通的吧，2019年4月去克罗地亚斯普利特，那里有一座宫殿叫戴克里先宫，1979年就被联合国教科文组织列为世界文化遗产，有一支乐队在宫殿里唱着非常动听的歌。唱歌的大叔说，他们这种艺术形式叫Kelapa，已经被列为非物质文化遗产了。他很自豪地讲：'我们就是活的非物质文化遗产，在物质文化遗产里演绎非物质文化遗产。'说得矫情点，有一种被击中灵魂的感觉。我也不想跟大家不一样，但没办法，我不喜欢追剧，只是想让大家都来听昆曲。"

清风明月本无价，近水远山皆有情。昆曲的雅致、足球的热情，皆是诗意盎然。爱好常常意味着对世界的好奇心，而拥有广博爱好的人未必能够迅速聚焦，找到能为之奋斗一生的事业。有的人在十八岁或者更早之前就找到了，有的人晚一些，有的人终其一生都在寻找。那么你是否考虑过爱好与事业的关系？如果所做之事与爱好毫不相干，那么你能否通过这份工作实现自我价值？反之，若将爱好变为工作，会成就一番事业还是因距离太近或压力过大而导致倦怠？Sara 有过一次转行的机会，一支球队向她抛来橄榄枝，而她认为看球是一种爱好，如果变成工作，压力大不说，近距离接触这个圈子之后或许还会发现它不及想象中美好。"我只想做一个追星的小迷妹，所以就放弃了那个机会。"
Sara 的理性抵制了诱惑，当然也失去了一时冲动
带来的意外，无论是惊喜或惊吓。有一种现象
是，一些小粉丝做了偶像的工作人员，其与偶像
的相处过程，仿佛跟一个爱了很久的人闪婚，陷
入美好幻想终成现实的蜜罐中不能自拔，蜜月
旅行时发现对方原来有种种混蛋之处，有的挺
过了这段爱恨交加的磨合期，继续携手前行，有
的则粉丝转路人，分道扬镳，讲不出再见。

日久见人心，事业如此，何况婚姻。西班牙
有一条著名的圣地亚哥朝圣之路，圣徒们长途
跋涉，到达西班牙西北角的圣地亚哥（他们的冈
仁波齐），中途可能要走一个月之久。后来，走

圣地亚哥之路变成了户外运动者的爱好，有人说失恋了走一走可以疗伤，有人说夏天走一走可以避暑，Sara 说结婚前走一走可以悔婚。"如果要跟一个男人结婚，那在我们俩结婚之前一定要去走一下圣地亚哥之路。徒步一个月，你们要面对各种困难，在漫长的婚姻中，遇到的困难一定比这次徒步多，也复杂得多。如果你们俩能在经历过一起徒步，最后到达圣地亚哥后还没有分手的话，这说明在短期之内你们抵抗风险的能力是一致的，然后你们就可以步入婚姻了。"

此处开始出现多重转折：她并不认为婚姻是感情的归宿或保障，甚至在一定程度上不认可婚姻制度。"但鉴于目前的国情，如果我喜欢一个男人，我肯定会想方设法把他套入婚姻的牢笼。"她说。然而，她也不认为自己可以遇到一个要将之套入婚姻牢笼的人，因为太难了。Sara 有一套自己的逻辑：

"不说择偶标准，就说男友标准，每个人也不一样。我觉得身材、颜值、年龄、学历，以及'活儿好不好'是选择男友的五个标准，但如果是择偶，还要考虑三观、家庭背景、赚钱能力，等等，能达到要求的就微乎其微了。"

"难道你不相信缘分会让你遇见一个完全不考虑各种标准而奋不顾身的人吗?"月老、丘比特在她这儿完全失去了法力。

"我相信会有这样一个人，但我不认为自己会遇见他。世上有七十亿颗绿豆玉米黑豆黄豆，你们两个红豆想遇见，得多大的运气？我认清了找到一个各方面合适的人有多难，或者知道自己几斤几两，知道自己是什么气数命运，也知道自己很挑剔，所以不太可能找到这样一个人，因此就放低了要求。仅满足几个条件，暂时处处也可以。就好比你知道你想吃米其林，但你吃不起也不能饿着啊，也不能自我催眠，非说路边摊就是米其林，合理接受路边摊不好吗？我现在遇到那种一边抱怨自己老公一边又要晒娃秀恩爱的人就觉得好笑，有种一边吃路边摊一边硬拗幸福米其林人设的用力过猛的感觉。

入婚姻的牢笼；可以大胆说性，又默认很多人会谈性色变。我想，她演绎了一出精分版的东西方跨文化交际。

在欧洲，亚洲面孔是有一些优势的，比如Sara去酒吧还要在门口被查证件，去超市买酒也是，三十岁还被认成未成年。但她很清醒，知道自己并没有那么年轻，甚至会考虑更老的时候要怎么办。

三十岁即将过完，Sara对这个数字已经不再敏感。"大三大四时，我的人生计划是毕业结婚赶紧生娃，二十四岁生一个蛇宝宝，但那年没结成婚，闺蜜说三十六岁还可以生，我当时觉得她很损，那不是成了高龄产妇，现在看，这很有可能成真。二十九岁时，觉得自己三十岁前要完成很多目标，把愿望清单一项一项打勾。过了二十九岁以后，天没崩地没裂，都挺好。"

"未来的十年和过去的十年，会有什么变化？"

"过去十年走得太远了，客观上看到了更大的世界，但以后大概不会以这个速度继续往前走了，否则我就得去拉美或者太平洋的小岛上了。未来十年，由外向内探索吧，过去十年向外探索过猛了。还是要学习，去看一些历史、艺术史方面的书，了解一些自然科学的历史，希望能在有限的人生中扩展自己的边界。腿能走很远，脑子也可以，这很理想主义。如果我不是孤独终老，未来十年可能人生巨变吧，要结婚，天哪，我上哪里找这个能结婚的人，那就孤独终老吧。如果能结婚，就结婚生娃，两个人一起孤独终老吧。"

内心戏多么丰富。好吧，孤独是思考的温床、智慧的源泉，你又歪打正着了。

写在三十一岁来临之际

　　三十岁的最后一天，我撞车了。以"撞怀激烈"的景象结束了这一年的波澜壮阔，车被撞掉了一盏灯，但人间也为我留了一盏灯，请我"壮士留步"。如果事情发生在一年前，我猜自己会哭晕在街头，而三百六十五天过下来，我能够欣慰地接受这个有惊无险的意外。生命多么来之不易呀。

　　如今是三十岁的过来人了。这一年，山还

有棱,天地未合,没有阳光还是会影响心情,风太大依然会没有安全感,见到萌物总会怦然心动,遇到不公还能愤愤不平;这一年,见识了有意思的人,倾听了不同的故事。有人问,你听了她们的故事有什么用? 有人问,她们向你讲了自己的故事又如何? 没什么用,不怎样。她们仍在芸芸众生中兜兜转转,我也还在红尘世界里浮浮沉沉。只是我们这些天涯沦落人,在薄情的人世间选择相信,愿意倾听。如若讲述者能够因此收拾一部分心情,而倾听者收获了一点点思考,那真是额外的惊喜。我相信,每一个生命都值得敬畏与尊重。能够于纷乱中重拾隐匿于内心深处的悲悯,未尝不是一种三十而立。

"生活中有四件事情可以改变你，爱、音乐、艺术与失去，前三件事让你充满激情，最后一件让你变得勇敢。"我何其幸运，有一双会流泪的眼睛，去爱、去感受，还恰好在这一年的时间里，经历了拥有和失去。在接受"失去"的过程中，我发现竟又有了无数的可能性，这也算是如获新生吧。

又回到最初的起点，我想重新回答一次"为什么写女人"这个问题。17世纪就有女性主义者说过："但凡男人写女人都是值得怀疑的，因为男人既是法官又是当事人。"几百年过去，这句话依然没过时。我在前面说，女人本身是呼啸的战场，其实男人何尝不是？人心就是呼啸的战场，深不见底的海洋。女人与男人一样是人，每个人，都是独特的存在。

近日看到一些微博热搜或许值得思考，比如"女生有没有文化重要吗"（此条无需探讨，看到的那刻我就想吐血），又比如"××（女明星）胖了"，网友截取女星的坐姿图，并用箭头戳出她肚子上的赘肉，评论道："这还是女演员吗？""胖了之后真的很显老，看起来至少三十五岁以上。"女明星迅速做出回应："我在努力了。"女星对自己做身材管理当然没错，但若基于他人的目光，满足男性作为"法官"对女性的苛求，则大可不必。否则，你便做了他们将你物化的同谋。

有一件事看似让人欣慰，在一位网红被前男友殴打的新闻曝出后，又有女性勇敢地站了出来，直言自己也曾被家暴。而这背后的残酷数据是，中国每7.4秒就有一位女性被家暴。随之看到一些讨论该话题的视频节目，男嘉宾摇着头，惊叹又疑惑地说："怎么可以打女的呢？"而年纪稍长的女嘉宾说："都说好男不跟女斗，怎么可以打女的呢？"这真令我毛骨悚然，仿佛看到一个生物跪在它眼中的高等生物面前乞求，"你比我高级，你怎么可以打我呢？打我，你就和我一样低级了。"

更不舍得停笔了，尽管自知渺小，能看到的很多，能做到的很有限，能爱的很多，能关怀到的很有限。但，三十一岁来了，大把好时光怎舍得蹉跎？"故事"新醅酒，红泥小火炉，晚来天欲雪，能饮一杯无？

崔凌云

写在三十岁的最后一天

给 _____ 的自己：

上架建议:文学·女性

ISBN 978-7-201-17955-1

策划编辑:王玴

责任编辑:金晓芸 张璐

封面设计:姚立扬

9 787201 179551 >

定价:68.00元